Xiron Poetry Club

中国桂冠诗丛

潘洗尘 著

燃烧的肝胆

Pan Xichen

Burning Heart

浙江文艺出版社
Zhejiang Literature & Art Publishing House

目录

| 我只爱一些简单的事物 |

┃ 想想这一生 ┃

| 燃烧的肝胆 |

| 跋 |

| 幸福的时刻没有记忆 |

熄灭

一盏灯　从我的身后
照耀经年
我总是抱怨她的光亮
经常让我　无所适从
无处遁形

现在　她在我的身后
熄灭了　缓缓地熄灭
突然的黑　一下子将我抓紧
我惊惧地张大嘴巴
却发不出声

2008

盐碱地

在北方　松嫩平原的腹部
大片大片的盐碱地
千百年来没生长过一季庄稼
连成片的艾草也没有
春天过后　一望无际的盐碱地
与生命有关的
只有散落的野花
和零星的羊只

但与那些肥田沃土相比
我更爱这平原里的荒漠
它们亘古不变　默默地生死
就像世界　多余的部分

2009

雪的谬论

这么久了　人们一直漠视
有关雪的许多谬论
现在　该我说了

在北方　雪其实是灰色的
与纯洁无关
尤其在城市　雪就是一种自然污染
它们习惯与灰尘纠缠在一起
腐烂成泥水　再腐烂城市的
每一条大街
每一个角落

如此简单的一个事实
却长久地不被人们正视
这到底是因为真理懒惰
还是谬论都披着美丽的外衣

2009

雪的虚伪

雪是虚伪的　它甚至不是一种
独立的物质
它必须依附于冷空气
因此　助纣为虐是它的本性

雪的虚伪　不仅仅是因为它
总是把自己伪装成很轻柔
很纯洁的样子
在北方　有时它也会和雨一起
从天而降　这时的雪是虚张声势的
它甚至还来不及落到地上就化了
这就是雪的本性
遇到水　它会变成水
遇到冰　它会凝成冰
在北方寒冷的冬天
它甚至比寒冷更寒冷

除了融于水　雪最大的天敌
是灿烂的阳光

虽然积雪也会羁绊春天的脚步

但春日的暖阳　终会让虚伪的雪

无处遁形

2009

雪的残暴

关于雪的伪纯洁问题
我早已说过
现在　我要说说雪的残暴了

在北方　寒冷的故乡
雪不只下在冬天
更多的时候　雪
还会在深秋或初春造孽

此时的雪　在城市
它们会与灰尘同流合污
泥泞我们的生活
在乡村　它们会阻绝一切春芽的诞生
或在瑟瑟的秋风中　让苟延残喘的植物窒息
其目的之卑鄙　手段之残忍
令人发指

还有寒冷　会自然地让人心降温
在城市　公共汽车站牌下

会有更多的手　将别人推开

在乡村　惊慌失措的人们

都躲进了屋里　没有人注意

深夜里分娩的一头母猪

正对着十一只被冻死的崽崽哭泣

一直以来　我如此固执地揭露

雪的肮脏与残暴

其实就是想让人们明白

真相有时越是简单

还原越不容易

2009

学习

整个秋天　每个清晨
我都要花上几个小时时间
注视窗前的这片稻田
直到正午的阳光　翻滚着
打在稻芒上

这时　我的心里就会有蒸汽
溢出来　正是眼前的这片稻田
教会了我
怎样与土地相处

而到了晚上　当稻田在月光里睡去
我就会把一天的心得
告诉我的小狗　与小狗
这中秋之夜我身边唯一的情人和朋友
交谈　窗外的月光如水
我的内心也柔情似水
现在　我也只能把具体的爱
给我的小狗　也同时向我的小狗

学习道义　学习
最纯粹的爱

2009

幸福是一种子虚乌有

那些买彩票的人
还不知道幸运之神的驾临
甚至远比灾祸的从天而降
概率更低

我们穷其一生　与其说
是为了追求幸福
还不如说　是一直在躲避
大祸临头

2009

幸福的时刻没有记忆

我对幸福感的描述
总是一笔带过
因为幸福太奢侈
偶尔的一次来临
也总是猝不及防

而关于痛苦　以及衍生一切痛苦的黑暗
我从不吝惜笔墨
唯因痛苦与生俱来
我们只能通过追忆痛苦
苦中作乐

幸福的时刻没有记忆
幸福的时刻无须记忆

2009

悲伤笼罩大地

没有人　可以从这个斜光残照的黄昏里
走出来了

仅有的一滴泪水
已被太阳的余温蒸发
悲伤　正笼罩着整个大地

越来越重的黑　挤压着无尽的人流
一些无法辨别的声音传来
我只有悲伤地注视
脆弱的生命　和比生命
更脆弱的心

在这谎言如墨的世界　有谁
还肯为一时或一世的清白招魂
当悲伤笼罩着大地
又有谁　能在这面无血色的记忆里
绝处逢生

2009

诗歌人生

我的诗歌　是活字印刷术
我必须小心翼翼捏紧每一个汉字
努力地做一个智慧的弈者
敛长气　谋真眼
人生的棋局刚到中盘

但我始终无法落子
我手里的象形文字　来自尘世
而尘世的字库只剩下一个汉字——
丑类恶物的丑百拙千丑的丑
丑态百出的丑跳梁小丑的丑

嫉恶如仇的手　永久僵在了半空
人生　终成死局

2009

我被飞驰的车辆溅了满身泥水

对这座毫无血色的城市
我过去总是欲言又止
这完全出于我对它的厌恶
厌恶它不够含蓄

一个不够含蓄的城市
却裹着刚烈的外壳
刀一样的冰锋和尖顶
丝毫也掩不住它的薄情寡义

一个薄情寡义的城市
总是被阻挡在季节之外
当街发抖的塑料花
瑟瑟地弥漫着死亡气息

一个弥漫着死亡气息的城市
我偶尔的一次行走
却被飞驰的车辆
溅了满身泥水

2009

去年的窗前

逆光中的稻穗　她们
弯腰的姿态提醒我
此情此景不是往日重现
我　还一直坐在
去年的窗前

坐在去年的窗前　看过往的车辆
行驶在今年的秋天
我伸出一只手去　想摸一摸
被虚度的光阴
这时　电话响起
我的手　并没有触到时间
只是从去年伸过来
接了一个今年的电话

2010

所谓的一生

这一刻　我死了
阳光依旧明媚　远处的育婴室
仍有新鲜的啼哭　时断时续

多么冰冷的死亡　一切我们称之为规律的东西
活着时　生命就缺少形象感
死了　更是被简化成
某个词　或某些词语

盘点是来不及了
加法或减法又有什么意义
一些时间的叙事　终成云烟
与生命有关的抒情　已丢在风中

越不过　也回不去
所谓的一生　就是被卡在这里

2010

形同虚设

我的人生　看上去风和日丽
就如同我卧室里的床
气度不凡

但十几年了
我却一直睡在沙发上

2010

风中的老人

整个冬天
我一个人独坐窗前
一条老式的军毯
盖在腿上
我时常发涩的双眼
偶尔望向窗外
嚎叫的寒风
卷起阵阵积雪
四十六岁　我已像一个风中的老人

这个冬天　感觉父亲始终在院子里铲雪
他的铲子挥起又落下
我感觉自己渐渐在变小
小到我从他弓起的背上
滑到雪地上摔了一个跟头
那一年我五岁
八级木匠的父亲　用一个神气的雪人
让我五岁大了才第一次破涕为笑
那之后我似乎很快就到了十七岁

初恋的记忆也是在雪中

但我竟记不起第一次　拥抱那个女孩儿的感觉

后来我的这一生就好像总是与雪在纠缠

我甚至记不清有多少次

在去与生意伙伴谈判的路上

不到几公里的路　但每次都会被雪堵上几个小时

常常是下午的会

早晨就要出发

我的一生

到底被雪浪费了多少

反正现在已经不重要了

2010

妹妹第一次坐火车

这还是妹妹第一次坐火车
妹妹说　这也是她第一次
在电视屏幕之外　看见真的火车

1965 年出生的妹妹　曾在 1975 年
为了哥哥可以继续读书
放弃了自己求学的机会
而我　就是那个踩着妹妹的明天
一路从昨天走来的哥哥

对　我就是那个后来一直穿梭于
物欲之间的哥哥
那个即便在天上也要用舱位
来为自己划定等级的哥哥
今天　当我带着第一次看见火车的妹妹
匆匆穿过月台
我看见妹妹脚步从容　目光从容
仿佛在她的眼里　这隆隆作响的火车
就是她家的那台加长了的手扶式拖拉机

这时我才突然明白　为什么几十年来
妹妹从未对任何人提起过
当年辍学的事

后来我每次看见妹妹　都会心怀歉疚
感觉自己所有的人生得意
都是从妹妹那里偷来的
于是我努力地想让妹妹一家
住村里最好的房子　吃城里最好的面粉
但我还是忽略了　哪怕是带妹妹坐一次火车
或者飞机　来亲眼看一看
哥哥的生活

而今天第一次看见火车的妹妹之所以
脚步从容　目光从容
是因为她终于可以到哥哥生活的地方
亲眼看一看哥哥的生活了
这远比坐一百次火车看一千遍飞机
还要让她心里踏实

从 1975 年十岁的妹妹决定为哥哥牺牲自己的学业
到 2010 年四十五岁的妹妹第一次亲眼看到哥哥的生活

三十五年的时间里　妹妹不仅用自己的牺牲

铺平了哥哥的求学之路　如今自己的儿子

也即将大学毕业

这就是我的妹妹　那个小时候甚至不知道

糖是甜的我的妹妹

想想几十年来我因歉疚而做的所有所谓的"补偿"

不仅是一种自私　更是一种对亲情的亵渎

尤其是当妹妹说出　这还是她第一次在电视屏幕之外

看见真的火车的时候

2010

弟弟为我搓澡

这么多年来　我还是第一次
和弟弟这么近距离地接触
这让我的记忆　一下子回到妈妈还年轻的时代
回到母乳里　回到我们穷乡僻壤的童年
那仅有的一点点甜

弟弟小我八岁　在他很小的时候
我就长大了
此后　弟弟在我眼里
始终就是一个孩子
尽管现在　弟弟已经是一个
十七岁漂亮女孩儿的父亲了

今天　弟弟为大他八岁的老哥哥搓澡
澡盆里的水温弟弟试了又试
一会儿添一点热水　一会儿又加一点凉水
我突然觉得自己老了
老到偶尔抬头看见弟弟某一个细心的动作
突然觉得弟弟是在侍弄一株刚破土的秧苗

这时我才知道　其实此时在弟弟的眼里
我才是一个孩子　一个
只不过有些老了的孩子

除了弟弟　我另外还有两个懂事的妹妹
作为闯关东的后代　弟弟妹妹们
从小到大从没有拂逆过我这个长兄
哪怕一星半点　但今天当我看到弟弟
那么精心细致而又有些小心翼翼地为我搓澡
我突然有些担心　多年来我这个好哥哥的羽翼
是不是也会产生某种阴影

但是此时我还是想说啊弟弟　如果现在这个澡盆
盛的不是温热的让人无比舒服的水　而是
滚烫的油锅　或者这澡盆
索性就是一个冰窟　如果——
如果马上就会有一场
我们注定躲也躲不过的灾难
弟弟别怕
有我!

2010

| **我只爱一些简单的事物** |

写于某月某日

一夜之间　满山遍野的杜鹃

无声绽放

我相信这土地上　只要还有一种

红色的花

血　就不会白流

此刻　天空依然静默

只有星星　在看不见的地方

拨动着时间的指针

咔咔　咔咔

2011

.

白头到老

白头到老　仿佛话音还没落下
我们的头发
就白了

当初这样说时
谁会想到
老了　我们却只能和各自的白发
相依为命

2011

情人劫

所谓的爱情
就是两把永不开刃的刀
和两具遍体鳞伤的尸体

所以　两个人在一起
相亲远比相爱重要

2011

距离产生距离

距离产生美　多么扯淡的逻辑

距离其实什么都不产生

——除了距离

2011

争食

黄昏的稻田边
两只鸟在为一只虫子
相互啄羽毛

这样也好　没有一点儿借口
也不用赋予什么意义

我只是担心　那只虫子
就要钻进稻田深处去了

2011

每个人

每个人一出生
就等于被送进急救室

区别仅仅在于
抢救的时间或长或短

只是很多人　自己听不到那个冰冷的声音:
我们已经　尽力了……

2011

给事物重新命名

当山被重新命名为水
水就不会流
当天被重新命名为地
地就会飘

如果把错误重新命名为正确
越正确越可怕
如果把渺小重新命名为伟大
越伟大越分文不值

当然　如果诗歌被重新命名为婊子
婊子　就成了我们心中的最爱

2011

我们

这些年我们絮絮叨叨地写诗
拼尽一生　连一张纸都没他妈写满
那些残酷的爱情　那些现实
如今　唯有想象浪漫的死亡
这成了我们　唯一的权利

想想被 X 光一遍遍射伤的五脏六腑吧
曾经经历的屈辱也许正是将要遭受的屈辱
不仅仅是践踏　连根都在随风飘摆
我们找谁去算命　又如何把一块块剩下的骨头
当上上签

好在我们自己的骨头还完好无损
但无论到了哪朝哪代
山脚下发现一堆大大小小的骨头
能说明什么

没有人会关心我们是谁
尤其是我说的我们

仅仅是一个前朝诗人

和他的一条爱犬

2012

人生多普勒超声诊断报告

只出生 1 次

身高 0—178 厘米

体重 0—69 公斤

吸过的香烟不少于 600000 支

吃过的粮食超过 15000 公斤

读过的书大约 4000 册

写诗不足 300 首

生在江边却不习水性

长得善饮却滴酒不沾

属行动主义者　少言寡语

最高记录曾 36 小时没说过一句话

从概率的角度　也许是因为恐惧谎言吧

后来我也曾数次进过医院　死亡 0 次

小时候曾设想自己怎么也活不过 37 岁

所以从 10 年前开始　就再也不怕

虚度光阴了

2012

"铁证"

1963 年 10 月 27 日
是我的生日
但一张被村干部后来随意填写的身份证
硬生生改变了我的属相

这真是生命中百口莫辩的一处硬伤
我不想年轻一岁　更不需要晚退休一年
我只想活得来路清楚
做一只真实的兔子
而不是一条虚妄的龙

相信许多现在还不想说清楚的事儿
总有一天会真相大白
唯有我的年龄　那些曾用过的护照保险单病历本
以及学生证工作证驾驶证死亡证
所有的伪证
都将成为"铁证"

2012

"都留下了，什么也没带走"

当我从墓中醒来
疾病不再缠身
这世界　远比我活着的时候
更清澈了
最先映入我眼帘的
是朋友们写的碑文
"都留下了，什么也没带走"
我留下了什么　一张永远冷冰冰的脸
还是一颗酷寒中发光的心
这是我的第一个早晨
太阳升起时　一些熟悉的乡亲
在田间插秧　一些陌生的孩子
在教室里读我的诗歌
但没有一个　是我的孩子
我太习惯这样的日子了
毕竟现在和我一起的人
比生前还要多　他们都是我的亲人
是我过去的过去
感谢生活的残酷　使所有爱我的人

没有太多的精力痛苦

我羡慕他们　依然会为一点点的快乐

就让笑容绽放

第二个黑夜来临的时候

我已知道自己　仅仅是在几个具体的日子里

闪过的三个汉字了

所以　不管在这黑夜里

曾看见过什么

我都将保持沉默

2012

潜伏

我读过许多妙笔生痴的文章
和云里雾里的诗
现在　人人都愿意以文字为掩护
潜伏在学问里

只有农民还在捍卫简单的真理
他们从不忌讳自己是种豆
还是种瓜

2012

即便是跳楼，也要自己盖

时间高高在上
一层又一层
石头的分量已经足够
被磨损的事物
会渐渐露出　　光秃秃的本质
唯有改变不可改变
想要看一看风景以外的东西
也不用再麻烦这个世界了
即便是跳楼　　也要自己盖

2013

住着诗人的小城

月亮已经升起
阳光还迟迟不肯离去
斑斓的云朵下　一束野花
从老婆婆的背篓里　探出半个头来
好奇地　对着行人张望

诗人李亚伟和宋琳
坐在各自的阳台上　聊天
我由于站得远些　看不清亚伟的手上
是茶杯还是酒杯
在香喷喷的空气中　我们只是
互相点点头
大意也无非就是　向生活
致敬！

2013

向生活致敬

在一个缺少敬意的时代
我必须向生活致敬
一切好的　坏的
不论滋养我的　还是
磨炼我的

做久了勤快人　注定会很累
那就尝试着做懒汉
并以不劳也不获的方式
向生活致敬

向生活致敬　也就是
向时间致敬
时间虽然什么也不是
但它拥有改变一切的力量
所以　最后我们还要举手加额
向永恒的改变致敬！

2013

就当他们狠狠教训生活去了

醒来　发现这世上又少了一个熟悉的人
自己还留在原地
真不知这种悲喜交集的日子
还要持续多久　还能持续多久

长久以来　我们被生活教训得太苦了
想想走了的人也好
就当他们狠狠教训生活去了

而我们还要度日如年　继续做时间的小学生
直到成为　这个世界的累赘

2013

"写于斯德哥尔摩"

去瑞典写首诗
是件重要的事儿
写不出来没关系
那就回来写
不管在哪儿写
都"写于斯德哥尔摩"

2013

已没有路了

仿佛这世界　就只剩下雪了
尤其这雪夜　风雪路上
唯有雪的反光
已没有路了
连时间的缝隙　都被冰封了
人只能在末日间行走
这窄窄的　这白瘆瘆的
早已让人在恐惧中　忘了恐惧

2013

自然的灵堂

刺眼的冬　土地静穆

雪　仿佛下了一生一世

渺小的视野　已看不见过去

记忆早洗白了

如果情感不粗糙一点儿

如果皮肤　如果性格　如果

在这自然的灵堂里

就只有疯掉

2013

为一株盛开的三角梅

为一株盛开的三角梅

枯等了卖花人四十分钟

然后跟着送花的手推车

一路与街坊打着招呼

穿过熙熙攘攘的半个古城

再加上移栽　浇水和施肥

整个过程　耗光了我的一个下午

这可能是我来日的几万分之一

如果天有不测　可能所占比例更多

但这个过程　仍比这首诗重要

至少　也比写这首诗重要

2014

在树与树之间荒废

四十年前　我在这个国家的北边
种下过一大片杨树
如今她们茂密得　我已爬不上去
问村里的大人或孩子
已没有人能记得当年
那个种树的少年

四十年间　树已无声地参天
我也走过轰轰烈烈的青春和壮年
写下的诗　赚过的钱　浪得的虚名
恐怕没有哪一样　再过四十年
依然能像小时候种下的树一样
烟消了云也不曾散

于是　四十年后
我决定躲到这个国家的南边儿继续种树
一棵一棵地种　种各种各样的树
现在　她们有的又和我一般高了
有时坐在湿润的土地上　想想自己的一生

能够从树开始　再到树结束

中间荒废的那些岁月

也就无所谓了

2014

现在我只爱一些简单的事物

从前　我的爱复杂　动荡
现在我只爱一些简单的事物
一只其貌不扬的小狗
或一朵深夜里突然绽放的小花儿
就已能带给我足够的惊喜
从前的我常常因爱而愤怒
现在　我的肝火已被雨水带入潮湿的土地

至于足球和诗歌　今后依然会是我的挚爱
但已没有什么　可以再大过我的生命
为了这份宁静　我已准备了半个世纪
就这样爱着　度过余生

2014

诺曼的凳子

昨晚在尼玛的客栈

老友岳敏君提议滴酒不沾的我

在大理攒一个酒吧

你凑一张桌子　他凑一只杯子

装修就交给艺术家们在墙上涂鸦

这时　诺曼正好为一直站着的小敏

搬过一把凳子

我说　酒吧的名字我出了

就叫　诺曼的凳子

2014

花的好

再生动的比喻
也跑不到语言的外面

比如女人如花
说到底　也只不过是在说
花的好而已

2014

| **想想这一生** |

客居大理

埋骨何须桑梓地，大理是归处
正如某个老哥们说：
"不管我们哪个先死了，
哥儿几个就唱着歌
把他抬上苍山！"

2015

肥料

我在院子里

栽种了二十三棵大树

银杏、樱花、樱桃、遍地黄金

紫荆、玉兰、水蜜桃、高山杜鹃

她们开花的声音

基本可以覆盖四季

每天　我都会绕着她们

转上一圈两圈儿

然后　想着有一天

自己究竟要做她们当中

哪一棵的　肥料

2015

我的微信生活

我要买十部手机

再注册十个微信号

然后 建一个群

失眠的时候

好让自己 和另外的一些自己

说话

清明节 少小离家的我

不知到哪儿去烧纸

就把祖父和祖母 外公和外婆

一起接到群里……

2015

父爱

女儿越来越大
老爸越来越老

面对这满世界的流氓
有没有哪家整形医院
可以把我这副老骨头
整成钢的

——哪怕就一只拳头

2016

习惯

这两年
我习惯了在电话里骂娘

他妈的我不买房子
他妈的我不要茶叶
他妈的我不炒股票

有时　对那些挨了骂仍没完没了的
我还会气急败坏地再加上一句

他妈的　你听清楚了吗

2016

负重

他给自己　准备了一个
巨大的行囊
里面盛满了水和干粮

很多人从他身边经过
他们目标明确——走出这荒漠
至于这荒漠的尽头是什么
这荒漠到底　有没有尽头
人们并不知道

好像只有他　没有目标
他来到这里　仅仅是为了
负重

2016

辩护

童年的乡野　广袤的夜空与
无遮拦的大地
要为云辩护为风辩护
面对无时不在的饥饿
还要为贫困
辩护

穿越城市宽敞的大道
要为乡下泥泞的小路辩护
在命运的曲曲折折里屡挫屡战
必须学会为可怜的自尊
辩护

偶尔有恨袭扰心头
要为爱辩护
与蝇营狗苟和小肚鸡肠擦肩
还要为胸怀与胸襟
辩护

讨厌这个世界的混杂
就要为简单而直接的抒写辩护
而对着满目欺世盗名的黑
就不能不为破釜沉舟的白
辩护

只有在真理面前
我会放弃为谬误辩护
就像面对即将到来的末日审判
我绝不会为今天
辩护

2016

父亲的电话

我离家四十年
父亲只打过一次电话
那天我在丽江
电话突然响了
"是洗尘吗？我没事了！"
还没等我反应过来
父亲就挂断了

这一天
是 2008 年的 5 月 12 日
我知道
父亲分不清云南和四川
但在他的眼里
只要我平安
天下就是太平的

2016

有关劳动

打小就受村里人影响
认为只有犁地、放羊、赶车、拾肥
才是劳动

知识分子不管干什么
都与劳动无关
写诗就更不是

所以　在我们乡下
你就算写出一个诺贝尔奖来
也还是一个懒汉

2016

自画像

这些年
除了这些药片
我的生活
就像一块
碎玻璃

2016

黑夜颂辞

这无边的暗夜
遮蔽了太阳底下
所有不真实的色彩
连虚伪也
睡着了

这是我一直爱着的黑夜
我在此劳作与思念
拼命地吸烟却
不影响或危及任何人
我闭上眼睛
就能像摸到自己的肋骨一样
一节一节地数清
我和这个世界之间
所有的账目

寂静的噬咬之后
天已破晓
我会再一次对这个世界

说出我内心的感谢

然后不踏实地

睡去

2016

致女儿——

从八岁到十三岁
你把一个原本我
并不留恋的世界
那么清晰而美好地
镶嵌进我的
眼镜框里

尽管过往的镜片上
仍有胆汁留下的碱渍
但你轻轻地一张口
就替这个世界还清了
所有对我的
欠账

从此　我的内心有了笑容
那从钢铁上长出的青草
软软的　暖暖的
此刻我正在熟睡的孩子啊
你听到了吗

自从遇见你

我竟然忘了

这个世界上

还有别的——

亲人

2016

有假

拍着胸脯说话
有时可能仅仅
是因为

噎着了

2016

黄昏的一生

黄昏来时
远处的风很大
院子里被吹落的杏花
在兴奋地散步
偶尔有车从门前经过
越来越亮的尾灯
渐渐淹没了扬尘

黄昏的脚步
走得很慢
像一个了无牵挂的
绝症病人
它要把自己
一步一步地挪进
更黑的黑暗

一定有很多人
都看见了这个黄昏
但只有我

看清了它的一生

并能在另一个黄昏到来前

说出它

心中的遗憾

2016

是的，就是此刻

是的　就是此刻
这黑暗即是永夜
我的内心　已将黎明
删得干干净净

但我依然要为亲人的黎明和
朋友的黎明到来欢呼
这一生　能见过的都是亲人
还没见过的　也是朋友
当然还有你　深夜为我抄经的人
是的　就是此刻　你一定要记住
不论这世界怎样待我
我都会以善敬之
这是我一生唯一做对的事
希望你把它继续做下去

是的　就是此刻

2016

对时间的再认识

我已不敢奢望
你有一年
我也会有一年

最理想的现实是
你用十二个月纪年
而我　只三个月

你还有无限的有限时间
我只有有限的有限时间

2016

我曾纵容了一个坏人

由于十一年前我没有报案
冉茂文　现在我只能叫你失联员工

五十一万五千　我知道你拿走这些钱
一定有你的苦衷　我更知道
如果当时我报案　你关机和逃得再远也没用
但一想到你会因此妻离子散坐牢很多年
我还是选择了沉默
尽管那时我也并不富足

然而　十二个年过去了
你消失得无影无踪　连一声对不起都没有
此刻我写下这些文字
仍不是报案　更不想追债
我只是想告诉这个世界
我曾纵容了一个坏人
如果在这十二年里　他每再害一个人
都应该是我的错
在此我留下他的姓名　身份证

还有他当年的忏悔书

以供世人辨认

2016

我的爱

我的香烟

我的足球

我的诗歌

我的爱人

从前　我的爱

桩桩件件都大过生命

现在　请允许我后退半步

多爱一点

自己残存的生命

以积蓄微弱的能量

继续爱

2016

无边

我曾一个人
无尽地享受
这无边的暗夜

但那时我并不相信
有一天
这暗夜
会真的无边

2016

想想这一生

想想这一生
有不满　不如意
但没有恨　也没恨过

唯有爱
那些沉默的
疯狂的
狠狠的
不要命的爱

如今
都变成了诗

2016

恨七月

七月的天空

毒云笼罩

这刚被风吹过的大地

这刚被雨洗过的大地

长满了噩耗

2017

他们

对一群正在辱人母欺人子的歹徒说
老子没空理你们

那边　还有一帮诗人
要读诗

2017

| 燃烧的肝胆 |

别了，肿瘤君！

就连割你的这把刀

也是天下无双的第一把刀

为了让你走得不委屈

我还舍出了六点五厘米的好肝

作为陪送

这一别够隆重了吧　肿瘤君

养你这么大

没有功劳也有苦劳

你又何苦连我的老命也要呢

走吧　肿瘤君

你看我抽了三十多年的烟说戒就戒了

每晚十一点前就睡觉早晨七点一到就起床

然后是蔬菜水果定时定量一日三餐

甚至早晚还要绕着树林走几圈

妈的　这要搁在一个月前我都会以为

是自己疯球了

肿瘤君啊肿瘤君

为了堵死你回来的路

老子不仅改变了半生的习惯

还不惜露了贪生怕死的马脚也丢了尊严

那就别了彻底地别了吧我的肿瘤君

我知道这天底下没有一个人会怀念你

那清明节他们都给亲人烧纸

我给你烧

2016

不愿醒来，不愿从梦中醒来

现在　我最不愿做的事
就是醒来
尤其是从梦中醒来
——哪怕是噩梦

即便是在噩梦里
我也是健康的

2016

深夜祈祷文（一）

深夜里的这个瞬间
让我再一次抵达了一天中
最明媚的时刻
为什么人或什么事
我刚刚放声痛哭过
感谢这深深的夜
把自由、天意和福祉
带给一个内心灰暗而
深情的人

我不会为在明天的阳光或
暴雨中再遇到什么人或
什么样的命运而
浪费一分一秒
此刻　我每多写下一个字
这宝贵的黑夜都可能被
黎明删除
我要深深地　深深地闭上
什么也看不见的眼睛
哪怕用废自己的身心

也要为每一个善良或

不善良的人

再做一次

祈祷：

我看见了妈妈肺部的肿瘤

正渐渐缩小

这是什么样的恩泽啊我将

用刀刻在心上

为此我祈求上天：

也迟一点给那些坏人报应吧

我这带病之身愿意死上千次万次

也要帮他们在遭报应前

一个个都变好

2016

深夜祈祷文（二）

我总以为自己
对母亲迟早的离去
已然能够面对

母亲七十三岁
我想　自己就是再乐观
假如没有奇迹发生
我也活不到母亲
现在的年龄

但今夜　当我突然想到有一天
母亲离去时的情景
一种被碾碎后的疼痛
还是让我从床上散下
大雨滂沱的夜
我多想用我手上的香烟　那久违了的
暗夜之光
照亮整个天空

妈妈有一天你将会是天上的哪颗星星
我想永远看到你

不　此刻重症监护室里我肉体的妈妈
就是一个超人的妈妈
妈妈　就像我们曾经经历过的
所有苦日子一样
再扛一扛！
这黑暗就过去了

为此我将彻夜跪在这雨滴之上
祈求上天眷顾一次我的自私

永远不要让我温暖的妈妈
变成冰冷的星星

我说：一定！
老天你也回答我：一定！

2017

恶性的一年

X 光下
这真是恶性的一年

绝症开始缠身
往昔仅有的
可以做一点点事儿的自由
也丧失了

好在这一年
并不乏善可陈的记忆
还有很多
比如茶花落了
紫荆才开
抽了四十年的烟
说戒就戒了
从不沾辣的女儿
开始吃毛血旺
和水煮鱼

2017

最后的请求

如果说这一生
还有什么怕的事
不是死
而是透不过气

所以我请求
死后不要埋我于地下
不论黑土或红土
更不要装我于任何盒子中

算了
我清楚请求也没个鸟用
还是有朝一日
让我一个人坐毙于苍山
或小兴安岭的深处

一个人化作肥料的过程
你无须知道
但终有一天

你会看见远处有一株马缨花

特立独行

或一棵白桦树

挺着铮铮傲骨

2017

写给太子

一路从东北跟到西南
我的这只十一岁的约克夏
已当了大半辈子的
太子

太子　你到底是谁
连我自己也说不清了
我的孩子？
抑或我的朋友？
记得从你七八岁开始
我就黯然地为你
在花园里默选墓地　默记碑文
虽然从你一进家门
我就大你四十三岁

可是我的太子
当 2016 年的 8 月 29 日
当我得知自己始终与这个世界
肝胆相照的肝上也长出了肿瘤

我的内心　竟然生出了一丝
如此自私的念头：

我终于可以在你和所有亲人的前面
走了

2017

时间真的不够用啊

修炼了半生
我也只能在读诗的时候
在绿茵场边
心底通透　目光清澈

而在许多事物面前
我都只能是一个
贼眉鼠眼的人

2017

我有限的热情已成余烬

一直以来　就经常遭到抱怨
看上去你对这个世界那么热情
为什么对我那么冷

对此　我就一直懒得解释
其实我的精力有限　所以热情更有限
尤其是生病以后

这半生　我把有限的热情给了诗
甚至很少再给诗人
我把有限的热情给了爱
甚至很少再给爱人和爱情
了了出现以后　我把有限的热情
给了女儿　就很难再给其他女人

而现在　我有限的热情
已成余烬

2017

还给母亲

我的身体　是五十年前
母亲给的

现在　即便是它
被疼痛和哀伤碾碎
也顶多是
还给母亲了

2017

分水岭

二〇一六年九月十二日
是我对时间认知的分水岭

在此之前
每当遭遇痛苦　挫折
或者危险的时候
我的心里
总是会或多或少地抱怨
时间
怎么过得这么慢啊

而在此之后
哪怕是深夜里做了一个
冷汗淋漓的噩梦
醒来后也会觉得
时间太短
太短

2017

惜——

我用大半生的时间
换了不到三百首诗
她们大多都与土地　时间
以及生命有关

如果你能从这一堆词语中
读出一个字——惜
我这大半生啊
就没白写

2017

最后所见

弟弟妹妹们告诉我
母亲走时　神态安详
嘴角带着微微的笑容

而我的最后所见
却是在重症监护室　当我说
"妈，有我在你不要害怕"时
当时已没有意识的母亲
眼角涌出的那滴
慈母泪

2017

一寸一寸的肝肠断

一

妈妈 从我十八岁去省城求学
三十多年来 我们已习惯了聚少离多
所以你走时 我拒绝看你的遗容
拒绝抚摸你的骨灰盒
因为只有这样 我才能让自己始终都觉得
你还活着

二

呜呼 我能给你最好的吃穿住
我能给你邻里间最荣光的自豪和骄傲
生病了 我能给你最及时也最暖心的治疗
甚至走了 我能给你一块风水最好的墓地
但我就是给不了你啊
给不了你抵御癌细胞疯长的免疫力
给不了你比七十三岁
更长的寿命

三

现在　你扔下的这条

从此失去源头的生命

我想不出还可以靠什么去维系

那么就让我最后一次发出这两个音：mama

最后一次写下这两个字：妈妈

然后就失语

2017

如何再向北

一条回家的路

整整走了三十五年

每一次　都是母亲笑吟吟地迎我

再泪涟涟地送我

……现在

就算我给自己再装上一颗

铁打的心

我又如何能迈得开

向北的步履

而窗前的那片稻田

我已写了十年

此刻正是夏秋之交

原本那些大块大块葱茏的绿

都被我扯成了黑纱

一层层绞在心头

一条条缠在臂间

从前　我还可以说

这是我广大的北方

那是因为有我慈爱的母亲

一直站在松嫩平原的最中间

在南方的彩云下

我曾时刻关注着北方的冷暖

我已习惯了在一个没有四季的小城

按着故乡的季节变换

给母亲寄回一件件棉衣　单衣

现在　我却不敢想象

当我再次回到小城

走过那些给母亲订做衣服的店铺

会不会突然如雷轰顶

碎成一地

固执而诚信的苍天呵

我不是跟你讨价还价过了吗

用我的倾家荡产

再换母亲一个月

另外搭上我的这条命

再换母亲一整年

可是现在　你怎么就像没事似的

沉默了呢

没有了母亲的北方　就不再是我的故乡
我也无法承受那零下一百度的严寒
但我还是很快就会回来的
空旷的墓穴里怎能只留下母亲一个人
如果一路上我的骨灰也结上了冰霜
母亲依然会抱紧我
为我取暖

2017

生存期概率游戏

当癌细胞以偷袭的方式
侵入我肝胆相照的肝
医生说　你五年的生存率有 65%
十年则只有 35%
这既然是一个概率游戏
我反倒无恐也无惧
玩呗　大不了
五年我先成了另外那 35%

然而　患小细胞肺癌的母亲
只有 6% 的五年生存率
但母亲仅仅坚持了十七个月
就先走了

母亲走了　她原本是想去另一个世界
加持一种超人的力量　来护佑自己的儿子
可母亲并不知道
就在她闭上眼睛的一瞬间
他的儿子　正一寸一寸地
肝肠断

母亲走了　那 65% 或 35% 的生存概率游戏

对我就已不再有任何意义

与其像现在这样

整夜整夜地想着母亲的音容笑貌哭

作为母亲四个儿女中的长子

还不如就此陪着母亲

一起高高兴兴地走

2017

缺了一面的魔方

这段日子
父亲经常一个人
呆坐在房间里
摆弄魔方

这双习惯了拔稗子的手
在这个小小的魔方面前
缓慢而吃力
我能想象得出
父亲到底要拼出什么

窗外的公路上
永远是赴死一样急匆匆的车流
再远处是县城的灯火
往昔父亲对这斑斓的世界
一直以沉默相待
现在　他要通过这个小小的魔方
把内心的哀伤与无措
都拼回到一种最简单的色彩

那是他和母亲共同走过的
五十六年的风风雨雨

可是我的父亲
这个记忆的魔方
它的六面　就像我们的家
一对父母和四个儿女
虽然母亲走后
往日里各自奔忙的孩子
都一起陪在父亲的身边
但我们心中的魔方
毕竟已经缺了一面

2017

一切都尽可以归零了

一些小积蓄
算不上什么财富
一点小名气
更不敢奢谈名望
去年被医生宣判
得了不治之症
原本的这些身外之物
也还都留在心中

但母亲走了
一场痛彻的灵魂浩劫
让一个从此来路不明的人
终于明白
一切
都尽可以归零了

2017

| 跋 |

我的每一首诗都是从我的生命里长出来的

从浩波最初跟我说要在《中国桂冠诗丛》中出一本我的诗集，到现在这本书即将付梓，经历了大约整整一年的时间。对一般人来说，一年的时间也许如白驹过隙，可滤下的东西更是不足挂齿。因为这之前，我就是这么一年复一年地把自己悄无声息地送到了53岁。然而，我刚刚经历过的这一年，却是命运将我劈头盖脑地卷入地狱的一年。

但现在想起刚刚地狱般的这一切，最重要的还真的不是最初我被宣布得了癌症，也不是年轻时连阑尾炎都拒绝手术的自己，后来被推进手术室时经过的那条略显冰冷的长长的走廊，而是手术前我竟然不知不觉地把烟给戒了——而且戒得那么彻底。这之前，我不止一次地想到和写过自己的死，但从未想过自己会去戒烟，因为过去几十年里，在我给自己热爱的事物的排序中，其他诸如诗歌、足球、事业、爱情等都曾出现过顺序变化，唯有香烟，几十年来一直占据着那个排序的首位。

但是，残酷的现实再一次对我完成了一场最初级也是最高级的教育——生命教育。其实，在理想和现实之间，没有任何东西，可以真正大过自己的生命。

这也是你已经读到的这八十余首诗唯一的来源——生命。我的诗歌，就是从我的生命里长出来的。至少，我一直在为此而努力。

这七十首诗，完全是由浩波挑选的，书名也是他取的。其中所挑选的诗，假如让我自己再选一遍，很可能有三分之一以上的篇目都会改变——但我似乎更相信浩波的选择。在我心里，浩波一直是我诗歌的知音。正是他近年来对我一些作品的不断肯定，才使我能在对自己写作的"半信半疑"中不断前行。而且，我深知浩波是一个原则性极强的诗人和批评家，他更是一位择诗苛刻的选家和诗歌出版人。

从这个意义上讲，能够入选标准苛刻的《中国桂冠诗丛》，并成为1960—1965年龄段入选的五位诗人之一，我更看重"入选"对自己的鼓励和推动作用，而不是这本书本身。

潘洗尘

2017|06|13

英雄与大师

——"中国桂冠诗丛"第二辑出版后记

"中国桂冠诗丛"第二辑终于定稿。前前后后，从确定入选这一辑的诗人名单，到一首首选诗，再到不断增补他们更新的诗作，花了一年多时间。

与"中国桂冠诗丛"第一辑一样，这次入选的仍然是五位诗人。第一辑的五位诗人很好选择：严力、王小龙、王小妮、欧阳昱、姚风。他们是我心目中早就笃定认可的、出生于20世纪50年代的中国最好的五位诗人。第二辑我要选出五位出生于1960年到1965年之间的诗人，这正是中国著名的"第三代诗人"的年龄段，80年代轰轰烈烈的"第三代诗歌运动"大潮，令这个年龄段涌现出众多时至今天仍然著名的诗人。我本以为这一辑的五位诗人也会很好选，但真一个一个读下来，一个一个仔细考虑，发现很难选。

"中国桂冠诗丛"的硬门槛仍然是入选的诗人能够被我选出七十首左右我认为的好诗。这不是一件容易的事，事实上，如果能有四十首真正过硬的诗，我哪怕放低标准，再选三十首略弱些的，我也认了，但就这样，还是很困难。在出生于1960年到1965年的这一代诗人中做选择，尤其困难。"第三代诗人"中的大部分，名气远大于诗歌质量。其中很多诗人，一辈子也就一两首名作，在一个容易成名的时代，也就成了著名诗人。

　　"中国桂冠诗丛"第二辑的五位入选诗人中，我心中笃定认为能比较容易地选出七十首过硬佳作的，是韩东和唐欣，一选，果然。佳作纷呈，非常好选，常常需要忍痛割爱。他们是我们这个时代真正的大师。韩东是明面儿上的大师，几乎获得了时代的公认；唐欣是隐蔽的大师，他是最懂行的少数诗人心目中的大师。

　　"中国桂冠诗丛"选择诗人的第二个标准是，在美学上有自己独特的建树，能开某种风气之先。每一辑中，一定会选入这个年龄段中最先锋的诗人，比如第一辑中的欧阳昱。在阿吾突然从天而降，出现在我面前之前，我认为杨黎就是这个年龄段最先锋的诗人。虽然我对他的"废话"诗学从不认同，但我依然认为他是我们这个时代独特的先锋诗人，也是最好的诗人之一。我也曾经反复考虑过，是否要选入"废话派"的另一位代表诗人何小竹，但阿吾的出现，令我放弃了这一想法，阿吾诗歌中的语言活力和他日益爆发出的生命力、先锋性令我赞叹。

在确定了韩东、唐欣和杨黎之后，在阿吾未选出之前，另外两位诗人到底选谁曾让我颇费思量。由于这一代诗人普遍有强烈的"语言诗学"倾向，我曾经想，是不是应该更充分地体现这一特点，选入何小竹或者修辞化语言的典型诗人臧棣，又或者是，为了体现这套丛书的全面性，选入一位更有知识分子气质的诗人，比如黄灿然。但最终，我遵从了自己内心的声音，选择的第四位诗人是潘洗尘。潘洗尘不是语言诗人，不是修辞派，不是知识分子，也不是任何意义上的先锋诗人，不是第三代，他甚至是入选的五位诗人中最传统的诗人，是一位抒情诗人。潘洗尘的情感浓度极高，写作成本也极高，他的作品带有强烈生命意志的生死抒情，是传统抒情诗学在后现代语境下的一次反弹、一曲强音，但也有可能是一曲挽歌——写作成本太高了！唯有拿命来换，才能获得写作的有效性吗？而且我又想，如果潘洗尘能再现代一些、再先锋一些，他的生命意志能否被转化为更加杰出的文本呢？

正当我为最后一位入选诗人举棋不定时，突然看到了阿吾。阿吾的出现，完美地解决了我的难题，像是天赐的礼物。时隔多年，阿吾的诗歌突然再次在伊沙主持的《新世纪诗典》上发表，阿吾也由此重新活跃于中国最先锋的口语诗人群体中，我也因此读到了阿吾这几年的新作，其诗歌语言的活力和生命的爆发力都让我意识到，在岁月的沉淀与个人的锐意进取中，阿吾已经从"第三代"时期的语言实验天才，变成了一个从内在生命意志到充满活力的语言都体现出强烈先锋性的诗人。他的写作在近年呈现出一种井喷式爆发的姿态，我一边编选他的旧作，一边随着他的写作，增补他的新作，弄得手忙脚乱。如果阿吾的这一写作态势能够持续下去的话，他会取得更加令人咋舌的成就。

这是一个完美的组合。三位"第三代诗歌运动"的代表诗人——韩东、杨黎、阿吾；一位在第三代诗歌运动中没有留名，却在后来的写作中，超越了第三代的整体美学，进入其后更坚定的中国口语诗运动，并成为其中中流砥柱般存在的诗人——唐欣；一位成名于与"第三代诗歌运动"平行、但在诗学意识上还非常幼稚肤浅的80年代所谓的"大学生诗歌运动"，却在新世纪的晚近，在2010年之后，晚熟式爆发的抒情诗人——潘洗尘。

韩东、唐欣、杨黎、潘洗尘、阿吾，他们就是我心目中1960年到1965年出生的诗人中最好的，也是我认为的中国当代诗人中最具美学代表性的五位。他们的写作风格和秉承的美学当然也是迥异的。

杨黎、唐欣和阿吾是更为彻底的口语诗人，这个比例符合中国当代诗歌的发展潮流。语言是诗人先锋性的重要指标，口语本身就是对所有传统的、旧有诗歌语言的反动，是对来自个人生命、身体、习惯、性格的个人化语言的树立，是对语言的一次解放，是让诗歌通向更自由和开放的一次革命，口语也更能最大程度地容纳当下，令诗歌更具备当代生活的有效性，口语本身，就是一种后现代的诗歌语言。从这个意义上来讲，书面语的写作不可能具备内在的先锋性。

杨黎虽然创造了"废话诗"理论，但在我看来，杨黎真正写得好的诗，恰恰是那些更及物更有内容的，甚至更有情感的诗歌。我不想因其理论而人云亦云地将杨黎理解为完全的"语言诗学"诗人。杨黎诗歌的先锋性，更多地体现在其坚定地"去经典化"上，体现在他对一切既有诗歌形态的反动，以及其他诗歌中活跃的生命力和欲望。我们在讨论一个诗人的先锋性时，无论是"中国桂冠诗丛"第一辑中的欧阳昱，还是第二辑中的杨黎，都不应该脱离写作的有效性而仅仅从其"去经典化"来评价其先锋性。如果仅仅是"去经典化"，仅仅是从表面上看是肆无忌惮的写作，并不能构成真正的先锋。真正的先锋，还是要构筑在对诗歌的内在理解力上。唯有洞悉诗歌内在的秘密，在观念和意识上有真正的世界观的突破，其先锋精神和先锋意志才能被转化为真正有效的好诗，没有有效好诗的先锋在我看来就是只有姿态而没有内在的伪先锋。杨黎和欧阳昱都有众多结实的杰作，甚至是堪称经典的杰作（即使其写法是反经典的），这才是他们作为先锋诗人的真正的立足点。同样，他们另一个共同特点是，大量的诗歌看起来很开放，姿态很先锋，却不具备写作的有效性，内在非常空洞。但写得多就是硬道理，在那么多的诗歌中，光凭他们的才华也能被选出不少有效的好诗。

阿吾和杨黎的相似之处在于，早年他们都是以带有强烈语言实验和语言形式主义的诗歌杀入诗坛的，所以阿吾的诗歌，也一直带有"第三代诗人"前口语时代的形式主义痕迹，甚至是形式主义的固化语言思维，看起来实验性很强，实际是另一种语言的封闭。但在进入新世纪以来，尤其是近年来，阿吾写作的开放性越来越强，因此其语言的内在活力越来越强大，他又是那种能将多年积淀的生命感受、个人意志、人文精神和深刻情感与其活跃的口语水乳交融的诗人，因此其写作呈现出越来越大的能量。他正在以一位"老诗人"的身份与更年轻的几代诗人抢夺中国当代诗歌的先锋高地。

唐欣与阿吾的相似之处在于，由于他们都经历过 80 年代"语言诗学"的深刻熏陶，所以一旦他们不再仅仅迷信于"诗到语言为止"，一旦获得了诗歌的内在力量，其语言的优势就成为他们与年轻几代诗人相比的巨大优势——他们的诗歌有语言为他们撑腰。唐欣身上的先锋性显然不如阿吾和杨黎，但没有关系，因为唐欣本来就是一个更为经典向度的诗人，重要的是，他是在一种全新的语言中，创造了一种全新的诗歌经典模式。如果仅仅从创新这一点而言，他当时是先锋的。唐欣的经典情结不允许他成为一个更为激进的先锋派，所以他成了口语诗歌经典化的重要诗人。他的写作，是一种全新的大师式的写作。唐欣一直在发展自己的诗歌，从上世纪八九十年代继承自韩东、于坚的日常生活式的、讥诮式的口语，到新世纪前后大约有十年左右的口语糅杂抒情的诗歌，甚至带有部分书面语特征的诗歌，再到他近几年来坚定了直取口语核心。直达诗意本质的经典口语写作，在漫长的写作中，越写越纯，越写越本质，将语言诗意、语感诗意与事实诗意、内容诗意、生命诗意融会贯通，自成一体。其诗歌中精神的语言控制力与发生在具体生命现场中的微妙诗意相得益彰，共同构成了一种妙不可言但又知音寥寥的"唐欣体"。他总能在最小、最轻、最淡的地方实现最具体又最结实的诗意。

韩东是中国当代诗歌中最重要的几位文学人物之一。他是20世纪80年代"第三代诗歌运动"的领袖，同时也是早期中国口语诗歌运动的领袖，他在中国先锋诗歌的发展史上具有标志性意义，但其本人的创作，除了那几首标志性的如《有关大雁塔》《你见过大海》等作品外，更多的诗歌，其实先锋性并不强，他的创作更多是建筑在语言与抒情的完美结合上。他是中国当代语言能力最强的诗人之一，是经典性写作的范例式诗人。其强大而精致的语言能力与朴素的心灵经验，令其获得了无论是先锋派还是传统抒情诗人的共同认可。他虽然是早期口语运动的领袖，但他后来的写作，并没有走向更坚定的口语，相反，书面语的痕迹越来越重。在韩东的语言世界观里，他强调的始终是语言，而不是口语。他是一位恪守于语言也恪守于心灵的诗人，正是因为他始终恪守于心灵，所以他一直领先于其同时代的绝大部分"第三代"诗人。

潘洗尘并没有经历过"第三代诗歌运动"的语言诗学训练，所以他一直是一个传统意义上的抒情诗人。抒情在今天这个时代，如何才能重新变得有效？我们又如何理解传统中可贵的部分？潘洗尘用他近几年大量的诗歌给出了答案。他的写作抓住了传统的最本质要义：心灵！真挚、朴素的心灵。潘洗尘的诗，是真正意义上情真意切的诗，只有情真，才能意切。潘洗尘这个人，正是那种传统意义上的多情、情真、情浓的人，这样的人在今天，已经很少见了。正因为他是这样的人，所以才为他写出这样的诗构筑了基础。他又遭逢了个人命运的巨大震荡，生死之间的心灵挣扎，所以其诗，是动用了非常大的生命成本和心灵成本来写的，这才有了生命之厚，有了抒情诗里最尖锐的部分。唯有成本高，抒情诗才能靠其浓度和尖锐度获得美学上的存在价值。而且潘洗尘的诗歌技艺也在这个过程中被锤炼得越发精熟，越发能让其抒情诗纳入现代性的范围。他最好的诗歌，要么是动情深而真，但动静却不大，将情感浓缩地压在细微处；要不就是在日常和平淡中突然出一记重拳，勾人心魄；要不就是敞开心扉，直陈心志，简洁有力。但他一旦过于铺陈和放纵，虽然仍有传统意义上抒情诗的强力和动人之处，但诗性总归还是被减弱，现代性还是会丧失。从去年到今年，潘洗尘被查出肝癌又遭逢母亲去世，他进入了诗歌的爆发期，不可遏制的抒情欲望令他完成了一组非常重要的生死之诗（我在他的诗集中将这一组归为一辑，以诗集名《燃烧的肝胆》为辑名）。但我觉得，如果潘洗尘能更现代一些，更先锋一些，他还能创造更大的写作奇迹和生命奇迹。作为一名如此杰出的诗人，他应该更有诗学意义上的使命感。

韩东、唐欣、杨黎的写作，都相对完整地经历了三十多年中国诗歌发展的风云变幻，未曾有大的间断；潘洗尘的写作，是一种晚熟的写作，直到 2010 年以后，才爆发出力量；阿吾的写作，是一种断断续续的写作，他经常猛写一阵，又搁下一阵，再猛写一阵，再搁下一阵，而且他一度长期漂泊于海外，并没有贴着当代中国诗歌的发展。但潘洗尘和阿吾，却正好于 2010 年之后的这些年，进入了生命的喷薄期，爆发出了惊人的能量。潘洗尘最近的那组生死之诗以及阿吾创作于 2017 年的组诗《一个人的编年史》都是新世纪以来中国诗歌的重要成就。从某种意义上来讲，阿吾和潘洗尘的诗歌，还远未到个人的成熟期，他们的写作，还充满了生长性。

沈浩波

2017 | 09 | 25

图书在版编目（CIP）数据

燃烧的肝胆/潘洗尘著. — 杭州：浙江文艺出版
社，2018.1
ISBN 978-7-5339-5116-0

Ⅰ.①燃…　Ⅱ.①潘…　Ⅲ.①诗集－中国－当代
Ⅳ.①I227

中国版本图书馆CIP数据核字（2017）第293231号

责任编辑：罗敏波
特约监制：里　所
特约编辑：李柳杨
封面设计：周伟伟
封面画作：马　君

燃烧的肝胆
潘洗尘　著

出版发行　浙江文艺出版社
地　　址　杭州市体育场路347号　　邮编　310006
网　　址　www.zjwycbs.cn
经　　销　浙江省新华书店集团有限公司
印　　刷　河北鹏润印刷有限公司
开　　本　860毫米×1160毫米　1/32
字　　数　66千字
印　　张　4.5
插　　页　2
版　　次　2018年1月第1版　2018年1月第1次印刷
书　　号　ISBN 978-7-5339-5116-0
定　　价　42.00元

磨 铁 读 诗 会